DIALOGUE

ENTRE

UN DOCTEUR HOMOEOPATHE

ET UN ALLOPATHE,

par le docteur **CRÉPU**.

L'allopathe. Monsieur, je ne suis point exclusif en médecine, et il s'en faut de beaucoup que je traite dédaigneusement, ou que je tourne en dérision la doctrine que vous professez et que vous pratiquez avec une incontestable distinction.

L'homœopathe. A la bonne heure, monsieur, peut-être y aura-t-il moyen de nous entendre. Cependant, avant d'aller plus loin, examinons ce que

1840.

signifie cette phrase de juste-milieu médical : *Je ne suis point exclusif.* Elle suffit, je le sais bien, pour vous faire regarder comme un homme sage et judicieux dans un salon de bonne compagnie ; mais creusons-la un peu, je vous prie, et ne nous arrêtons pas à la surface. Voulez-vous dire par-là que toutes les doctrines sont également bonnes, ou que toutes sont défectueuses, mauvaises, ou qu'elles ont autant de bon que de mauvais, ou qu'enfin elles donnent toutes le même résultat?

L'allopathe. Je n'ai point avancé pareilles sottises. Loin de là ; je prétends que dans toutes les théories se trouvent de *bonnes choses*, ou moins trivialement d'heureux procédés pratiques, des vues élevées et utiles, et que le grand art du médecin consiste à choisir avec un tact particulier ce qui est véritablement *bon*, en le dégageant de l'*inutile* ou du *nuisible.*

L'homœopathe. Parfaitement, monsieur l'eclectique : *choisir avec un tact particulier ;* et ce *tact*, c'est le vôtre, n'est-il pas vrai? Allons, convenez que j'ai deviné. — Si votre *tact* n'est pas un instinct indéfinissable, serez-vous assez aimable pour me dire en quoi il consiste?

L'allopathe. Ce tact, puisque vous voulez le savoir, est tout entier le résultat de l'expérience et du grand art de l'observation.

L'homœopathe. A merveille. Remarquez seulement que ceux qui *font* ou qui *ont fait* de la médecine, soit théorique, soit pratique, s'appuient tous ou se sont tous appuyés sur l'*expérience et sur le grand art de l'observation;* ce qui n'empêche pas qu'il ne soient tous aussi en contradiction les uns avec les autres. En effet, celui-ci tient pour essentiellement homicide ce que celui-là préconise avec ardeur. Si tel affirme, tel autre nie; quand le troisième dément le second, il est démenti par le quatrième, qui l'est à son tour par un nouveau, toujours de cette sorte jusqu'au dernier. Vos autorités, petites ou grandes, se heurtent, se contrarient sans cesse et s'annulent réciproquement. Dans un fait déterminé et à propos du même procédé, mille avis différens et contradictoires s'étalent complaisamment dans les livres et dans les chaires, vous laissant ainsi en proie à la plus cruelle perplexité. Car tous, encore une fois tous, invoquent l'expérience et l'observation. Comment donc choisirez-vous, et quelle règle sera la vôtre pour donner préférence à telle autorité plutôt qu'à telle autre?

Est-ce votre expérience personnelle qui doit vous diriger? Mais elle n'a pas, je suppose, plus de valeur que celle de vos autorités! Et quand le ciel vous accorderait cinq cents ans d'existence, ils ne vous suffiraient jamais pour vous faire apprécier quelle est la meilleure médication de tous les cas donnés, tant que le hasard et le génie ne vous auraient pas mis en possession d'une *loi générale* d'application thérapeutique. Or vous et les vôtres manquez totalement de cette loi curatrice; je dis totalement,

4

comprenez bien , et je le démontrerai quand il vous
le plaira. — Il est donc très-évident que le caprice
seul de votre volonté *choisit* dans les théories diverses les procédés mis par vous en usage , et que votre *tact médical*, qui ne saurait être ni de l'inspira-
tion divine, ni de l'extase somnambulique , marche
à l'aventure selon l'impression du moment , et ne
procède jamais , vu au grand jour, qu'avec inconsé-
quence et divagation.

L'allopathe. Oh ! monsieur !..,

L'homœopathe. Supposez en effet que vous possé-
diez une règle , une loi , un *criterium* propre à vous
faire distinguer, pour tous les cas , ce qui est bon et
vrai de ce qui est mauvas et faux dans les théories
ou doctrines quelconques, vous cesseriez alors d'être
eclectique, et vous auriez une théorie à vous par-
ticulière, qui pourrait rallier les faits épars et mal
systématisés, pour les grouper en un corps plus ou
moins complet de doctrine ; ce qui vous rendrait
nécessairement *exclusif en médecine.* — Mais je suis
bien sûr que vous vous aventurez sans principe et
sans loi dans l'application purement empirique,
tantôt des procédé usuels et routiniers, tantôt des
moyens nouvellement préconisés par vos pauvres
petits journaux à 12 francs, qui vous servent chaque mois quelques idées ou opinions hasardées et
contradictoires qu'ils ont fait réchauffer et rebouil-
lir avec toutes les vieilleries médicales.

Je sais , pour avoir examiné de près les célébrités

et les médiocrités allopathiques, que le tact médical, dont la vanité de chaque médecin s'applaudit intérieurement et même tout haut, n'est pour ses confrères qu'une véritable dérision, et que tous vous obéissez dans votre *choix* prétendu à de simples et frivoles caprices ; lorsque cependant vous ne subissez pas l'influence de quelque petit bout de théorie bien élastique, bien incomplète, reçue d'autorité, puisée dans les livres, ou, ce qui est au moins aussi misérable, créée par vous-même, sans avoir jamais été écrite.

L'allopathe. Je ne m'étonne plus, monsieur, que les médecins s'éloignent avec colère et indignation de votre homœopathie. La manière dont vous discutez est insultante pour eux, et vous vous montrez souverainement injuste à l'égard des beaux travaux anatomiques, physiologiques et pathologiques effectués de nos jours par des hommes d'une grande valeur scientifique.

L'homœopathe. La vérité, monsieur, de quelque forme qu'on la révèle, quelque dure et inflexible qu'elle soit, n'en reste pas moins la vérité. Elle ne repousse que ceux qui la craignent ou qui se sont fait une habitude de la fausser ou de la méconnaître. Livres en main et courant d'un auteur à un autre, ou très-souvent d'un feuillet à un autre feuillet du même auteur, je puis démontrer, vous ne l'ignorez pas, l'incohérence et l'absurdité de tous vos systèmes médicaux. Quant aux travaux de phy-

sique, de chimie, de botanique, de zoologie, d'a-
natomie, de physiologie, je les admire comme étu-
des d'histoire naturelle; je les aime et je les médite;
je les place à une grande hauteur parmi les sciences
philosophiques; je leur rends hommage et les développe dans mes cours; que voulez-vous de plus ?
Mais je nie, entendez-vous bien, je nie qu'on les ait
jamais appliqués fructueusement à l'art de guérir.

La chimie et la physique n'ont livré à la médecine proprement dite (laissant à part la chirur-
gie) que des procédés ridicules ou des théories mon-
strueuses, réprouvées par toutes saines notions
physiologiques.

La botanique, la zoologie et l'anatomie ont ana-
lysé et classé les corps organisés aussi bien que les
organes appartenant à ces corps, sans fournir aucune donnée quelconque relative aux *agens cura-
teurs*. Et si l'on a emprunté à ces sciences naturelles
quelques principes thérapeutiques, il a fallu bientôt
en reconnaître l'absurdité.

La physiologie, qui n'est trop souvent qu'un
tissu d'hypothèses, que le roman plus ou moins in-
génieux des fonctions organiques à l'état normal, ne
vous a jamais révélé un seul principe de médication
curatrice. Et pourtant, voyez une de vos mille in-
conséquences, vous appelez *médecine physiologique*
la doctrine sanguinaire qui vous pousse à répandre
par torrens ce fluide essentiellement vitalisé que la
physiologie vous montre comme indispensable à
l'entretien des organes, à l'existence de la force vi-

tale et qu'elle vous ordonne de respecter; au reste, cette science à peine éclose, ne sait rien sur les fonctions anomales des organes morbidement atteints. Elle ne connaît l'action des médicamens ni sur l'homme sain ni sur l'homme malade. Elle ne vous a pas plus appris à distinguer l'aliment de l'agent thérapeutique, que le médicament du poison. Elle attend, en un mot, que l'homœopathie lui ouvre son sein et l'enrichisse des admirables données pathologiques que nous seuls possédons, et qui sont la base inébranlable de la vraie médecine.

Vos pathologies diverses et contradictoires ne montrent partout que des collections de signes problématiques, de symptômes grossièrement analysés et classés artificiellement pour l'étude. Il n'y a là que vagues généralisations, acceptables tout au plus comme échafaudages mnémoniques et comme moyens d'abréviation dans le langage médical; mais que les badauds seuls peuvent prendre au sérieux près du lit du malade. Le praticien, en se dégageant des langes de l'école, s'aperçoit bientôt avec découragement qu'il n'existe réellement que des individualités maladives, refusant toutes plus ou moins de se plier au caprice des classifications nosologiques, effectuées selon la méthode des naturalistes; d'où vient que le médicament qui *par hasard* a guérit tel sujet atteint d'une affection déterminée, échoue complétement sur un autre, bien que pourtant ce dernier soit, nosologiquement parlant, affecté de la *même* maladie.

En supposant, ce qui n'est pas, que les maladies pussent être distribuées, pour faciliter leur traitement, en espèces, genres, familles, ordres et classes, il aurait fallu dans un esprit de logique et de méthode inconnu aux pathologistes :

1° Étudier scrupuleusement la marche franche de chaque affection morbide *abandonnée à elle-même*, et sans intervention d'agens modificateurs externes ou internes, c'est-à-dire sans boulversemens, perturbations, améliorations, exacerbations par des milliers de drogues et de procédés chirurgicaux ; qui font varier les symptômes et leur siége, qui dénaturent les périodes et les crises des maladies à observer. Y a-t-on jamais songé depuis Hippocrate ? Et d'ailleurs le pourrait-on ? Car, alors même que les traitemens auraient presque toujours été plus désastreux que les maux qu'on voulait combattre, ni les médecins ni les proches n'auraient eu la froide cruauté de rester spectateurs inactifs devant des malheureux en proie à d'horribles souffrances.

Il aurait fallu, 2° tenir compte avec soin des influences météoriques, des circonstances de saison, de température, d'humidité, d'habitation, etc. ; on n'y a jamais sérieusement pensé.

Il aurait fallu, 3° imposer un régime purement alimentaire et bien dégagé des substances médicales usuellement employées dans la cuisine. Comment s'en serait-on avisé, puisque vous ignorez encore aujourd'hui *ce que c'est qu'un médicament* et quelles influences diverses il peut exercer sur les maladies suivant sa nature et sa quantité? Avez-vous jamais su tracer un régime approprié à l'organisation saine ou malade? Et sur quelle niaise théorie avez-vous basé l'emploi de la diète absolue, de la diète lactée, des viandes blanches, de vos échauffans, de vos rafraîchissans? Qu'est ce qu'un *échauffant*, ou un *rafraîchissant?* Si vous avez fini par vous figurer que vous le savez, essayez donc de me le dire, et je ferai rire à vos dépens.

Il aurait fallu, 4° observer les modifications apportées dans la *même* maladie par l'âge, le sexe, le tempérament, les habitudes; car si vous établissez de pareilles distinctions dans vos livres, on sait bien qu'elles y sont complétement stériles et n'existent là que pour montrer la difficulté sans pouvoir la résoudre.

Il aurait fallu, 5° enfin apprécier l'état de complication des maladies qui, sur le même individu, seraient déployées au nombre de 2, 3, 4, 6, 10: reconnaître si elles pouvaient alors marcher simultanément sans se modifier, si la plus grande intensité de l'une devait suspendre l'action des autres; si plusieurs analogues avaient tendance à se neutraliser réciproquement. Avez-vous sagement expérimenté sous ce triple rapport? Non sans doute. Et vous vous êtes pourtant moqués de l'homœopathie, qui seule, tout en rejetant vos espèces et vos genres, avait la puissance d'éclairer pour vous cette ténébreuse matière.

L'allopathe. Mais, monsieur, l'anatomie pathologique...

L'homœopathe. L'anatomie pathologique est la
grande déception de notre siècle. Tous vos habiles
en fouillant dans le sein des cadavres n'ont pas com-
pris que le secret des maladies et de leurs guéri-
sons ne peut jamais être révélé par la nature morte
ou par l'organisation privée de son principe anima-
teur. Ils n'ont pas vu que l'investigation cadavérique
devait tout au plus indiquer les altérations organiques des dernières périodes du mal, et qu'une affection chronique, par exemple, reste douze ou
quinze ans à l'état de simple *lésion de sensation*, avant
que d'arriver à celui de *lésion organique*. D'ailleurs
dans cette méthode d'histoire naturelle, pour obtenir
un résultat satisfaisant (qui n'aurait toutefois inté-
ressé que le pronostic de la maladie sans éclairer son
traitement), il eût été nécessaire, voyez l'absurdité!
de disséquer à toutes les époques de leur état morbide plusieurs centaines de sujets atteints d'affec-
tions maladives *semblables :* comme on voit les naturalistes qui veulent surprendre l'évolution organique de l'embryon et du fœtus chez les oiseaux,
sacrifier chaque jour à la dissection un œuf nouveau, pris à la même couvée et dans un état d'in-
cubation de plus en plus avancé; et puis quand
on constaterait positivement, ce qui n'a jamais été
fait, que telle collection de symptômes se lie nécessairement à telle altération organique bien détermi-

née, quelle induction en pourrait-on tirer qui fût relative au traitement et à l'administration du médicament curateur? aucune, absolument aucune. De pareilles notions vous ouvriraient-elles la voie d'une bonne thérapeutique? non certainement. Vos chirurgiens *coupent le nœud gordien* quand la dégénérescence organique est externe ; mais par malheur ils ne peuvent pénétrer profondément, sans quoi nous verrions sans doute le cerveau, le cœur, les poumons, l'estomac, les intestins, le foie, la rate et tant d'autres organes internes tomber sous leur impitoyable couteau. Le tout, bien entendu, à la plus grande gloire de l'anatomie pathologique!

Voulez-vous que nous examinions maintenant votre gracieuse thérapeutique? Dans ce cas laissez-moi rire à mon aise et permettez-moi de vous rappeler l'almanach boiteux qui faisait les délices de nos pères : *bon tondre, bon couper les ongles, bon pour l'épilepsie, bon pour la catalepsie, bon saigner, bon purger, bon ventouser, bon pour la splénite, la néphrite, etc.* ; voilà où vous êtes quant aux procédés scientifiques de médication. Vous ignorez entièrement les propriétés réelles des agens médicinaux, confondant sans cesse leur action primitive, leur action secondaire, leur action perturbatrice et vénéneuse. Vous puisez vos mélanges absurdes de drogues empiriques dans des Codex et des Formulaires fabriqués par vos autorités qui n'en savent et ne peuvent pas en savoir plus que vous. En effet :

1° Jamais expérimentation de ces agens isolés n'a

été faite sur l'homme sain. Ce qui est pourtant la seule condition rationnelle et commandée par la physiologie elle-même.

2° On n'a jamais administré à l'homme malade que des drogues dont les vertus étaient purement hypothétiques, les dirigeant selon des données plus hypothétiques encore.

3° On a toujours conclu, en traitant une maladie quelconque, dont on ne connaissait point d'ailleurs la marche naturelle, que l'amélioration ou la guérison survenue était le résultat des drogues antérieurement imposées : *Post hoc, ergo propter hoc.* C'est là de l'aveugle empirisme. Or les données *à priori* peuvent seules constituer la science.

4° On a manqué toujours d'une loi positive de curation et grand a été votre étonnement lorsque nous avons proclamé *la loi des semblables*, et prouvé que celle *des contraires*, que vous n'avez pas su d'ailleurs formuler et à laquelle vous croyez seulement qu'il est naturel d'obéir toutes les fois que vous n'opérez pas empiriquement, est tantôt impossible à appliquer, tantôt palliative et tantôt homicide.

5° Enfin les maladies se montrant violentes, opiniâtres, acharnées, désorganisatrices, parce qu'elles étaient combattues par de mauvaises armes, on a cru qu'il fallait déployer contre elles simultanément toutes les ressources des arsenaux pharmaceutiques et chirurgicaux. Cependant nous sommes destinés à vous apprendre que quelques atomes invisibles, impondérables, d'une seule substance pure homœopathiquement appropriée, suffit complétement pour abattre et anéantir le monstre aux mille formes que vous appelez de mille noms, que vous poursuivez par mille procédés empiriques, et qui se rit de vos efforts irrationnels et divergens.

Parce que vous ignorez les propriétés médicinales des agens et la loi d'appropriation spécifique, vous avez toujours voulu suppléer à la *qualité* par la *quantité*, et voilà pourquoi sans doute autant de drogues qu'il y avait de symptômes à frapper ; vous avez espéré que chacune d'elles irait droit à son adresse, sans être gênée ou annulée par l'action d'un autre. L'estomac devait être selon vous le bureau central de cette singulière poste aux lettres, et les facteurs partis de ce point devaient sans se heurter et sans confusion transporter aux organes souffrans les diverses influences médicatrices. Pensez-vous, monsieur, que ce soit l'œuvre d'homme sensé que cet inconcevable tripotage de drogues, prises au hasard dans les trois règnes et sottement mixtionnés sous forme de *potions*, d'*opiats*, de *pilules*, d'*elixirs*, d'*électuaires*, 2 à 2, 4 à 4, 6 à 6, 8 à 8, 10 à 18, sans autre loi que le caprice de vos pauvres autorités médicales et pharmaceutiques, qui n'ont pas honte d'appliquer leur propre nom en étiquette à ces grotesques préparations. Laissant même de côté la thériaque, réformée ou non, qui se compose de 110 à 120 substances monstrueusement réunies, et qui fermentent quinze mois à votre insu dans les vases de vos officines, laissant encore à part le mithridate, la confection d'hyacynthe, le diascordium, l'onguent mésentérique et tant d'autres dégoûtantes mixtions dignes émules de la thériaque, je vous le demande, que pouvez-vous attendre d'un mélange quelconque de 3, 4, 6, 10 drogues, en admettant même, ce qui n'est pas, que vous connaissiez les propriétés intrinsèques de chacune d'elles ? Comment ne comprenez-vous pas qu'il doit se passer, outre les actions et réactions chimiques dans le vase, des actions et réactions physiologiques dans les organisations, toutes si obscures, toutes si compliquées qu'aucune intelligence humaine ne pourrait les analyser. Et que sera-ce si à ces moyens internes vous ajoutez concurremment (et vous n'y manquez guère, n'est-ce pas ?) les procédés chirurgicaux, tels que saignées, sangsues, lavemens, bains de pied, emplâtres, vésicatoires, ventouses, cautères, sétons, etc. Et que sera-ce donc encore si vous n'imposez pas de régime, ou si vous en infligez d'absurdes, laissant ainsi ingérer avec les alimens des substances médicamenteuses qui viennent de plus en plus compliquer le problême ? De telle sorte que l'amélioration ou même la guérison survenant par hasard, il vous est absolument impossible d'en retrouver les élémens et de retirer un fruit quelconque d'une pratique aussi déplorable. Ne parlez donc pas d'expérience acquise et de travaux produits; car en de si détestables conditions, toute expérimentation est perdue et pour le médecin qui s'y est livré et pour ceux qui viendront après lui. Je ne vois là en un mot qu'un grossier empirisme et point de science.

L'allopathe. Vous ne me laissez pas le temps de placer un seul mot entre vos phrases qui se pressent de plus en plus, comme si elles craignaient une réponse. J'aurais cependant beaucoup d'objections à vous faire ; et surtout je voudrais relever du mépris dont vous l'accablez cette médecine que vous avez vous-même long-temps pratiquée.

L'homœopathe. Toutes vos objections, je les connais d'avance ; loin de les craindre, je les provoque et j'y répondrai toujours ; vous prévenant qu'elles seront impuissantes à détruire une seule des vérités que je viens d'énoncer. J'ai gardé long-temps la parole parce que j'ai vu que vous alliez vous jeter sur les côtés, pour essayer de me faire prendre le change. Mais définitivement je vous aurais toujours ramené à ces points fondamentaux. Ainsi vous avez eu l'avantage de ménager votre poitrine, sans compromettre l'excellence de votre argumentation.

Depuis dix ans j'étudie, je professe et je pratique exclusivement l'homœopathie. Elle seule m'a offert tous les caractères de la science et a fait s'évanouir le cruel scepticisme médical qui s'était antérieurement saisi de ma pensée. Lisez, monsieur, méditez la doctrine du vénérable Hahnemann, et vous aidant de l'expérience dans des conditions logiques, vous reconnaîtrez enfin la vérité des principes proclamés par l'Hippocrate du Nord. Quoi qu'en puissent dire aujourd'hui quelques envieuses médiocrités, ces principes ont toujours été ignorés avant qu'il les eût hautement proclamés, et c'est même la seule raison pour laquelle on les a long-temps repoussés comme bizarres ou absurdes. Si on commence maintenant à leur reconnaître un droit d'ancienneté et de bourgeoisie, c'est qu'on espère effacer la gloire de notre immortel fondateur et se parer des lambeaux de sa doctrine sous des dénominations et des formes purement allopathiques.

Pour populariser une découverte utile, il faut traverser trois périodes : dans la première la masse s'écrie *charlatanisme, absurdité !* Dans la seconde, les rhéteurs démontrent *qu'il n'y a rien de nouveau et que c'est chose connue depuis long-temps.* Enfin dans la troisième, toujours trop lente à venir, on se plaît à réhabiliter le génie méconnu, méprisé, persécuté. Ai-je besoin de vous dire à quelle période nous sommes arrivés ?

Étudiez les œuvres de notre maître ; vous apprendrez ainsi ce qu'ignorent encore vos honorables facultés médicales et que je puis résumer en ces quelques phrases :

1° Un aliment est toute substance qui, ingérée dans l'organisation, ne sert qu'à la nourrir, sans y développer des symptômes morbides.

2° Un médicament n'est point ce qui guérit, car il est avant tout une substance simple, non nutritive, qui, mise en contact avec une muqueuse ou même avec la peau, développe inévitablement dans l'organisation une maladie réelle, d'une durée et d'une intensité variables , selon l'espèce et la quantité.

3° Si la quantité du médicament imposé est trop grande , la maladie développée par elle, en devient plus ou moins promptement mortelle (ainsi se trouve expliqué *le poison* , qui n'a jamais été scientifiquement défini). Si elle est renfermée entre certaines limites variables, selon l'espèce et suivant la susceptibilité nerveuse individuelle ; c'est alors seulement un agent *nocif* ou *pathogénétique* (engendrant le mal).

4° Tout agent pathogénétique pur déploie dans l'organisation deux ordres de phénomènes, en sens inverses l'un de l'autre. On doit appeler l'un action primitive, l'autre action secondaire ou de réaction vitale.

5° Un médicament ou un agent pathogénétique, n'est capable de guérir une maladie, que lorsqu'il est *spécifique* à cette maladie, ou ce qui est la même chose, *au groupe des symptômes existans.*

6° Un spécifique est nécessairement un agent pathogénétique qui possède la propriété, comme l'indique l'expérimentation physiologique, de déployer sur l'homme sain , dans son action primitive, une maladie semblable ou très-analogue au groupe de symptômes contre lequel il est dirigé (isopathie, homœopathie).

7° Un agent spécifique , développant toujours des symptômes semblables à ceux de la maladie qu'il doit guérir, exaspère plus ou moins cette maladie dans son action primitive, avant que d'amener consécutivement l'amélioration ou la guérison. Ce qui conduit naturellement à n'administrer qu'une très-petite *quantité* de cet agent.

8° En cherchant à atténuer la quantité du médicament spécifique ou homœopathique, on a constaté irrévocablement deux faits inconnus jusqu'à Hanhemann : le premier qui étonne tout chimiste, c'est qu'après de longues triturations, les métaux à l'état pur deviennent solubles dans l'eau et dans l'alcool. Le second, qui étonne tout physiologiste, c'est que les triturations et les succussions répétées impriment à un médicament, sans changer ses propriétés pathogénétiques, une énergie et une subtilité d'action sur le système nerveux, infiniment plus grandes qu'à l'état brut.

9° Parce que les symptômes de deux maladies semblables ou très-analogues, se neutralisent chez le même individu, on peut facilement et *à priori* trouver toujours *l'antidote* de chaque maladie, développée, soit par un médicament, soit par toute autre cause.

10° Enfin, pour guérir une maladie, selon le précepte *citò, tutò et jucundè*, il ne faut donner à la fois qu'une seule dose d'un agent spécifique, dont on connaît d'avance la portée d'action, en l'atténuant assez dans sa quantité pour éviter de fortes surexcitations. Il faut encore imposer concurremment un régime purement nutritif et tel qu'il éloigne le plus

possible les agens pathogénétiques mêlés aux alimens, dont l'influence pourrait venir troubler ou
annuler celle de la dose.

Eh bien! monsieur, trouvez-vous que cela soit clair?

L'Allopathe. Je ne sais, monsieur, mais je ne le
comprends pas bien.

L'Homœopathe. Il faudra donc que je le répète
encore.

Cosson, imprimeur de l'Académie royale de médecine,
rue Saint-Germain-des-Prés, 9.

www.ingramcontent.com/pod-product-compliance
Ingram Content Group UK Ltd.
Pitfield, Milton Keynes, MK11 3LW, UK
UKHW020116100726
13658UKWH00005B/2201